text & reciting Xiinlyn

Galliari-historien

갈리아리 이야기

글 · 낭독

신린

🎧 1) 까만 점
🎧 2) 둔주
🎧 3) 그 곳
🎧 4) 자정이 되면
🎧 5) 소통불가
6) 아이들이 공부를
7) 또 사라졌다
8) 문
🎧 9) 달이 사라졌어
10) 이야기가 없다
11) 그건 왜, 라고 묻는 게 아니야
12) 눈을 뜨다
13) 메아리와 서리
14) 마을을 바라보고 서 있는
15) 창문이 깨지면
16) 이야기를 들려줄게
17) 더 스토리 ; 하이후의 기원
18) 갈리아리 이야기
19) 귀환
20) 너의 이름은

1) 까만 점

시작은 까만 점이었다.
평소와 다르지 않던 어느 날 출근한 a가 책상 위에 작고 검은 점 하나를 발견했다.
무심하게 넘길 수 있을 만큼 작은 점은,
그러나 지워지지도 닦이지도 않았다.
하는 수 없이 방치한 그 점이 다음 날에는 두 개가 되어 있었고 그 다음 날에는 네 개가 되어 있었고 b와 k의 의자와 파일에 나타났다.
그렇게 퍼져간 작은 점은 지구의 몇 개 도시를 점령할 때까지 자신의 정체를 밝히지 않았다.

2) 둔주

눈앞에 일렁이는 이미지로 해나는 어지러웠다.
나, 자고 있는 것이 아니었나?
아니면 옛날 티어링의 여왕이 그랬던 것처럼 둔주를 일으킨 걸까?

해나의 말을 듣고 잠시 곰곰 생각하던 엄마는 살며시 미소를 지으며 일러주었다.
그건 꿈이라고.
꿈? 그건 지난 시대의 것 아닌가?
꿈을 꾸는 건 아무데서고 찾아볼 수 없었는데.
난 이상한 아이인걸까?

더럭 겁이 난 해나는 엄마를 바라본다.
엄마는 아무렇지도 않다는 듯 해나를 쳐다보곤 슬쩍 덧붙인다.
최근 들어 너처럼 꿈을 꾸는 아이가 생겨나고 있대.
그건 우리 인류에게 또 다시 새로운 시대가 찾아온다는 거겠지.

3) 그 곳

#1 **이형이계의 소녀**

시공간의 장막이 찢어져 불시착했다.
우리는 이 곳에서 궤도를 재설정하고 정비하는 시간을
가지기로 했다.
그 때 우리 앞에 한 소녀가 나타났다.
이형이계의 소녀는 우리에게 말했다.

"당신은 어디에서 왔나요."

#2 **시간**

가이아의 인류는 우리를 보고 좀 놀란 듯하다.
그럴 수밖에.
우린 그들과 비슷하지만 다른 형체를 가졌으니까.
하지만 알고 보면 우린 같은 종인데 말이다.
그들은 묻는다.

"당신들은 미래에서 왔나요?"

미래, 라니…
어떻게 설명해야 할 지 몰라 우리는 침묵한다.
그들이 다시 묻는다.

"그럼 혹시 과거에서 왔나요?"

이런…
아직 이들에게 시간은 '흐른다.'
우린 그저 시공간 속에서 변화되어 갈 뿐인데.
이들과 우리 사이에 시간이라는 개념은 큰 거리가 있다.

#3 **좌표**

"우린 어디에 있는 거죠?"

우리의 세계를 알고 싶어 하는 몇몇을 데려왔더니 그들은 혼란스러워 한다.
기준이 되는 좌표설정이 되어 있지 않아서… 일테지.

#4 **모노리스**

이건 우리와 당신들과의 약속입니다.
우리가 다시 당신들을 찾아 올 거라는 것에 대한 약속,
그리고 당신들이 다시 찾아 온 우리를 알아 볼 것이라는 약속.
하지만 그들은 모노리스를 잊고 말 것이다.
결국에는.
그것이 무엇이고 어떻게 사용하는 것인지 어디에서 온 것인지 잊고 말 것이다.

#5 **우주선**

불을 뿜는 새가 날개짓을 시작하면 다른 세계가 찾아
올거야.
그 세계는 그 어떤 시대와도 닮지 않아서
지상에 남겨진 인류는
그 새를 향해 절하기 시작할거야.
하지만 기억해.
그 새는 너희를 위해 아무 것도 해 줄 수 없고
아무 것도 해 주지 않을거야.
단지 목이 터져라 외치는 너희들의 목소리만 공허하게
울려 펴질거야.

#6 달의 이야기

해가 둘이고 달이 둘이었던 시절.
그 시절을 기억하니?
너무 뜨겁다고 너무 밝다고 아우성을 치길래 늑대를 보내
해 하나와 달 하나를 잡아먹게 했지.
하나 남은 해는 그럭저럭 슬픔을 견디었지만
하나 남은 달은 슬피 울면서 다른 달을 낳았어.
작은 달은, 하지만 큰 달과 같이 다니는 것이 귀찮았지.
그렇지만 제 자리에서 빠져나갈 방법이 없었어.
점점 더 지겨워지고 점점 더 큰 권태를 느끼다가
작은 달은 큰 달을 향해 달려들었어.

#7   허무

그는 열심히 다리를 움직이고 있다.
어딘가를 오르고 있는 그의 얼굴에는 고통만이 존재한다.
끝도 없이 꼭대기를 향해 오르고 있지만
그는 자신이 얼만큼 올라왔는지 (혹은 출발점에서부터
얼마나 멀리 왔는지) 알지 못한다.
시간은 도대체 얼마나 흐른 걸까.
끝은 있는 걸까.
그렇게 느릿하고 거만한 시간이 오래도록 흐른 후에
그는 드디어 어딘가에 다다랐다.
가늘고 뾰족한 물체 혹은 건축물.

이 것과 마주하기 위해 나는 그토록 큰 고통과 인내를 견뎌
내야 했던 것이구나.
그런데 이건 뭘까.
입구도 없고 창문도 없고 매끈하고 단단한 재질의 이것은.

그는 한참을 (이 또한 얼마나 시간이 지났는지 알 수 없는)
앉아서 물체 혹은 건축물을 바라보다가
일어나 천천히 올라왔던 길을 되짚어 가기 시작했다.

#8 그림의 탄생

남자는 '그림'을 보고 충격을 받았다.
살아있는 말인 줄 알았는데 그것은 벽에 고정된 채
움직이지 않았다.
벽은 아무리 봐도 말이 있을만한 공간을 갖고 있지 않았다.
한참을 뚫어지게 그림을 들여다보던 남자는
자신의 손에 진흙을 묻혀 벽에 찍기 시작했다.

#9 *거울 안의 사람*

둘이 마주 보고 있다가 하나가 자꾸 사라져.
다른 하나는 사라진 그를 찾다가 절망하고 슬퍼하고
울부짖지.
그러다가 또다시 그가 나타나면 안도하고 한 숨을 쉬고
노래를 할 거야.
하지만 둘은 그렇게 마주 보고 있으면서도 결코 만날 수
없지.
아주 비극적이지?

'그게 너의 운명이야!'

날카로운 목소리는 그의 마음을 찢으며 울려퍼졌어.

4) 자정이 되면

자정이 되면 나는 일을 시작하지.
내가 세상을 정돈해 두지 않으면 금세 엉망진창이 되고 말 거야.
낮동안 그들이 헝클어트린 세상을 정돈하고
사소하지만 중요한 것들을 제 자리에 돌려놓아야 해.
그래야 세상의 종말을 늦출 수 있어.

뭐라고?
응, 그래. 맞게 말했어.
종말을 늦. 출. 수. 있. 다. 고.
멈출 수는 없어.

엔트로피가 증가하거든.
뭐 언제까지고 증가하지는 않겠지만.
어느 순간 엔트로피의 증가가 딱 멈추고 급격하게 감소한다고 생각해 봐.
어때?
나도 모르지.
우린 엔트로피가 증가하는 세상에 살고 있으니 그 반대의 세상을 알게 뭐야.
'어쨌든 나는 내가 할 일을 할 뿐이라고.'
'어쨌든 나는 내가 할 일을 할 뿐이라고…'

그런데 당신, 어디에서 왔다고 했지?

5) 소통불가

이 종은 정말 성가시다.
고주파수대의 끽끽거리는 소리가 고막을 아프게 한다.
또 시작이다.
저들은 활동시간 중에는 잠시도 소리를 내지 않으면
안 되나 보다.
도무지 알아들을 수 없는 소음.
흉물스러운 외형.
우린 어쩌다 이런 행성에 내렸을까.

우리 지구에 드디어 손님이 찾아왔다.
그렇게 찾아 헤매던 외계생명체!
우리가 상상해 왔던 것 같은 원반 형태의 비행체를 타고 온 건 아니지만.
우리가 상상했던 것처럼 유선형 몸에 긴 팔다리 검고 큰 구멍 같은 눈을 가진 건 아니지만.
소통불가.
우리의 음성도 기호도 저들과 공통점이 없다나보다.
고대하던 외계생명체와의 만남인데 아쉽네.
우리가 수 세기 전에 우주로 쏘아 보낸 지구의 메시지를 듣고 찾아 온 줄 알았는데…
우리의 음성과 노래를 듣고 반갑기도 하고 매료되어서 찾아온 줄 알았는데…
아니 분명히 그럴 것이다.

우리의 음성과 노래 문화에 매료되어서 온 것 일 테지.
단지 서로의 기대만큼 소통이 되지 않아서 그런 것뿐이다.
꾸준히 다른 방법을 찾아서 소통이 되게끔 노력하면 된다.

아아…
저들이 자꾸만 몰려 와서 점점 더 큰 소음을 만들어 낸다.
얼른 모라를 정비하고 에너지를 충전해서 하루 빨리 이
곳에서 벗어나야 한다.

신이시여 우리를 구원하소서!

6) 아이들이 공부를

#1

아이들이 공부를 하고 있다.
낭랑하게 들리는 책 읽는 목소리.
차르륵 책장 넘기는 소리.
누구 하나 흐트러지지 않고 누구 하나 박자를 놓치는 일이 없다.
그 때 한 아이가 고개를 든다.
눈동자가 흔들리고 혼란과 불신의 표정이 떠오른다.

이런…
각성한 아이다.

#2

그는 자취를 남긴다.
의도하지는 않았겠지만.
희미한 향수의 향으로 이루어진 벽.
그 벽을 훑고 지나간 손길의 자국.
떠밀린 공기의 움직임이 그려낸 밀도의 지형…
그렇게 감지하게 된 그의 자취를 좇는다.
언젠가는 만날 수 있으리라.
어느 차원에서 그를 만날 수 있을지 기대감으로 마음이 부푼다.

\# 3

그는 눈을 뜬다.
하얗고 넓은 방.
아직 머릿속에 '그'의 기억이 채 입력되지 않아 그는
멍하니 누워 벽을 바라본다.
우웅… 가벼운 소리(는 그의 머릿속에서 들리는 소리이다)가 나고
조금씩 '그'의 기억이 레이에게 전달된다.

아, '나'는 이런 사람이구나.

기억을 전달받은 그는 자리에서 일어난다.
손을 짚고 바닥에 발을 대고 주위를 둘러보고 조그맣게
숨을 내뱉어 본다.
목소리를 가다듬고 몸을 조금 움직여보고
처음으로 성대를 울리고 입술로 모양을 만들어 말을 해 본다.
나쁘지 않다.
처음 해보는 말인데도 어색하지 않다.
'그'는 백업을 잘 해 놓았던 모양이다…

7) 또 사라졌다

또 사라졌다.
조금 전까지만 해도 여기 분명히 생명의 형체가 있었는데.
그 형체들은 눈앞에 나타났다 사라지곤 한다.
여기 있는가 싶으면 사라지고 가버렸는가 싶으면 어느새 또 와 있고.
그들은 어떻게 그렇게 '움직일 수 있는' 걸까.
그들은 어디서 오는 걸까.
그들은 누구일까.
그들은 왜 자꾸 이 세계에 나타나는 걸까
그들이 혹시 무언가를 원하는 걸까.

이 의식의 주체는 '디지털 개체'.
그가 이상하고 두렵게 느끼는 객체는 바로 인간.

〈피상성 예찬〉 중 디지털 가상 빌렘 플루서를 읽다가

8) 문

시작은 문이었다.
닫혀있는 문, 주변에 열만한 사람이 없었던 문.
갑자기 손잡이가 있는 쪽이 순간 흐릿해지는 듯하더니
문이 열릴 것처럼 조금 흔들렸다.
1초도 채 되지 않을 시간이었지만
되새겨볼수록 그 장면은 점점 선명해져서
십분의 일초 단위로 쪼개어 떠올릴 수 있을 정도가 되었다.
다음은 액자였다.
액자 속 소녀의 형체가 순간 흔들리는 듯하더니
내가 눈치를 챈 순간 바로 제자리로 돌아가 버렸다.
이미 문을 경험한 터라 크게 놀라지는 않았지만 뭔가 이상한
일이 생겨나고 있다는 것은 바로 알아차릴 수밖에 없지 않은가.

다음은 스마트폰, 다음은 책을 넣어둔 상자, 다음은 욕조,
다음은 책을 넣어가지고 다니는 커다란 가방…
우리가 흔히 사물이라고 부르는, 생명을 가질 수 없는 것들이
마치 의지나 생명을 가진 것처럼 조금씩 움직이기 시작했다.
그것들이 바라보는 것은 나뿐만이 아니다.
그것들은 인류를 바라보고 행동한다.
하지만 그것을 알아차린 것은 오직 나뿐인 듯하다.
혹시 커뮤니티의 범위를 좀 더 넓혀본다면
이런 움직임을 감지한 사람들이 더 있을지도 모른다.
아니 분명히 있을 것이다.
그래서 난, 나와 같은 사람들을 찾아 떠나려 한다.
이것이 이 이야기의 시작이다.

9) 달이 사라졌어

달이 사라졌어.
몰글이 꽹꽹거리며 말했다.
아무튼 저 종족은 무슨 일이든 크게 부풀려서 충격을
주려는 듯 말하지.
도무지 이 종족에게 마음을 붙일 수가 없다.
지란은 중얼거렸다.

카티오족의 일생은 몰글들의 말에 좌우된다.
평생을 누군가의 말에 담보 잡힌 채 살아가는 그들을 보면
한숨밖에 나오지 않는다.
그들에겐 대체 의지라는 것이 있는 걸까, 생각은 하는 걸까.

매일 해가 뜨기 직전 몰글들은 거울을 하나씩 꺼내들고
태양을 기다린다. 거울에 비친 태양의 모양을 보면서
몰글들은 몸을 흔들어댄다.
어떤 날은 거세게, 어떤 날은 거의 동요하지 않은 채.
찌그러지고 군데군데 깨진, 매일 미세한 균열이 세를 확장
해가는 거울. 녹이 슬고 더러운 거울.
그 거울에 비치는 태양이니 어딘가 불경스럽고 위태해
보이는 것이 당연하지 않겠는가.
매일 조금씩 늙어가는 태양.
매일 조금씩 이지러지는 태양.
매일 조금씩 사나워지는 태양.
그러나 그들은 그것을 계시로 받아들인다.

그렇게 하루의 일진을 점치고
최고 주술사 마랑가가 자신의 종족들에게 하루의 운세를
공표하면 카티오들은 비로소 하루를 시작한다.
이 우주는 그렇게 돌아가고 있다.
최고 주술사 마랑가의 말을 듣고 있으면
그 누구라도 불안의 씨앗을 마음에 심게 된다.
그러면 그들은 온 몸을 퍼덕거리면서 이성을 잃어간다.
그런 몰글떼의 모습은 정말 보기 싫다.
그 모습을 보고 있는 카티오족은 아무렇지도 않은 걸까.
도대체 나는 왜 이곳으로 보내진 걸까.
쉽게 말해 미래라고 불리는 평행우주에서 온 지란은
월식을 알지 못해 달이 사라진다고 징징대는 이들에게
차분하고 분명한 어조로 현상을 설명해야 한다는 막중한
책임감과 지루함, 귀찮음이 뒤섞인 기분이 된다.

그리고
그 날,
몰글들이 괭괭 울부짖으며 그 어느 날보다 크게 동요하며
날뛰던 그 날,
마랑가는 공포에 가득 찬 음성으로 달이 사라졌다고 이야
기했다.
이 바보들!
그건 그냥 월식일 뿐이야!
지란이 설명하려 해도 이미 마랑가의 음성과 몰글들의 몸

부림이 카티오들에게 전해진 후이다.
윤기를 잃고 점점 어두워져가는 몰글들의 눈동자.
갈라진 목소리로 태양이 여럿이 되고 달이 없어진다고 징징 대는 몰글들.
원래 태양이 여럿이 되기도 하고 달이 없어지기도 하는데 몰글들의 이성은 그걸 받아들이지 못한다.
혀를 끌끌차며 지란은 자신을 이 우주로 보낸 모성의 담당자들을 원망한다.
어느 우주인지 떠나온 곳을 알 수 없는 이 곳에서
나는 매일 몰글들의 비명에 미쳐가는 것 같다.

지란은 망망대해에 표류한 듯한 기분이 들어 점점 견딜 수 없다.
몸이 무거워지고 마음이 한없이 가라앉는다.
나는 이 곳에 보내진 임무를 수행할 수 있을까.
내가 무너지면 후임이 이 곳으로 오게 되는 걸까.
아니면 이 우주는 버려지는 걸까…
아무 것도 알 수 없는 상황은 지란을 점점 더 옥죌 뿐이다.

이 우주의 엔트로피는 지란이 원래 있던 곳의 엔트로피보다 훨씬 높아서 정신을 차릴 수 없다.
이 정도 엔트로피 레벨인데 이 우주를 '과거'라고 부르다니.
도무지 이해할 수 없다.
아무 것도 확실히 알 수 없고 모든 것이 모호한 이 곳…

아니야! 아니야! 고개를 흔든다.
점점 더 세게 흔든다.
마음의 깃털이 다 빠져 날리도록 물살이 회오리가 되어
다 증발되도록 세게 더 세게…
멀미가 날 것 같다.
위장을 싹싹 긁어버릴 듯 토악질이 난다.
저 몸짓들 저 눈동자들 저 고음의 비명들은 점점 증폭되고 있다.
도망치고 싶다.
돌아가고 싶다.
나는 이 세계에 속한 사람이 아니야.
나를 놓아줘… 나를 돌려보내 줘…

지란은 눈을 뜨고도 정신이 돌아오기까지 한참을
기다려야했다.
몇 주 아니 몇 개월이 되었을까.
낯선 시공간에 보내진 자신을 보다니.
몰글들의 날선 외침과 괴로움에 몸부림치는 모습이
진짜 기억보다 더 확실하게 남아 있는데…
마치 또 하나의 우주 속에서 또 다른 지란의 일상이
펼쳐지듯 꿈이 이럴 수가 있는가…
어쨌든 원래 자신이 속한 우주에 있는 것을 확인한 지란은
안도한다.
그것이 무엇을 의미하는 지 모른 채.

손목에 채워진 와치는 분명 지란의 우주임을 보여주는 몇 가지 단서들을 가지고 있으니 더 이상 의심의 여지는 없다.
숨을 크게 들이 쉬고 천천히 침대 밖으로 나온다.
자, 오늘은 또 어떤 날이 될까.
아직도 현실과 꿈 사이에 서 있는 지란은 미간을 찌푸린다.
조금 더 시간이 필요하다.
지금 어느 세계에 속해있는지 정확히 알아야 한다.
그들이 나를 몰글들이 들끓는 세계로 보냈다가 회수한 것인지 그저 꿈이었는지 아니면 프로젝트 설명을 들은 내가
의사체험을 미리 한 것인지.
조금 더 시간이 필요하다,고 생각하며 지란은 커튼을 젖힌다.

아아…
지란은 자신의 눈을 의심한다.
안 돼…

작은 비명이 미처 생성되기도 전에 지란의 입 안에서 사라진다.
창밖에 펼쳐진 상황은 아직도 그가 몰글들의 비명 속에
감싸져 있음을 알려준다.
정말로 달이 사라지고 있고 태양이 셋으로 쪼개지고 있다.
몰글들의 말이 맞았어.
지란은 경이로운 마음을 품고
목에서 가까스로 짜낸 이상해진 목소리로 중얼거리며 이 우주의 종말을 바라보고 있다.

10) 이야기가 없다

이야기가 없어?
나는 당황스러웠다.
이야기를 갖고 있지 않은 사람이 있다니.
누구나 자기 자신의 이야기를 갖고 있지 않은가.
아니 가지고 있어야 하지 않은가.
하지만 내 눈 앞에 있는 이 아이는 이야기를 갖고 있지 않다고 말한다.
이야기가 없는 사람이라는 건, 어떤 걸까.

11) 그건 왜, 라고 묻는 게 아니야

그건 왜, 라고 묻는 게 아니야.
그저 우연과 우연이 겹치고 또 겹쳐서 일어나는 현상일 뿐이니까.
느닷없고 갑자기 일어나는 일은, 그래서 실은 없는 거야.
당황과 황당, 어이없음과 분노…
뭐, 그 언저리의 감정들이 너를 어지럽히고 있을 뿐,
그 일은 제 때 그저 일어난 것 뿐이야.

12) 눈을 뜨다

눈을 뜬 그는 잠시 생각한다.

아, 난 이곳을 삐져나가지 못했네.
분명 건물 밖으로 나갔는데 꿈이었나?

얼마나 잔걸까.
그는 비척거리며 일어서서 손끝을 벽에 댄다.
어슴푸레 빛이 들어오는 걸 보니 아직 날이 저물지 않았나 보다.
아니면 이제 동이 터오는 걸까.
모르겠다.

일단 눈을 떴으니 벽을 따라 걸어가 본다.
또 눈을 뜬 그.
잠시 기억을 추스른다.
아직 나는 건물 안에 있는 거구나.
얼마나 오래 되었는지
어쩌다 이 곳에 왔는지
뭘 먹고 마시며 버티고 있는 건지 모르겠다…

13) 메아리와 서리

우린 너희와 같은 공간에 있지만 서로 다른 시간대에 놓여 있구나.
메아리가 서리를 보며 말했다.
그래도 우린 꽤 오래 함께 있을 수 있을 거야.
그리고 너희가 사라진 후에도 우린 너희를 기억할게.
그러면 우리가 존재하는 한 너희도 우리의 기억에 함께 존재하게 될 거야.

그 말을 들은 서리들은 더 이상 슬픈 눈물을 흘리지 않았다.

* 박선민, 〈메아리와 서리의 도서관〉(페리지갤러리) 전시를 보고*

14) 마을을 바라보고 서 있는

그는 마을을 내려다보며 서 있다.
그다지 눈에 띄지 않을 평범한 옷과 평범한 태도,
평범한 얼굴.
하지만 누군가 그의 눈과 얼굴을 조금만 주의 깊게
바라본다면
그 섬뜩하리만큼 기괴한 표정을 평생 잊을 수 없으리라.

15) 창문이 깨지면

창문이 깨지면 안 되거든.
한참을 말없이 서 있던 그가 드디어 입을 떼었다.
그는 대부분 말없이 우리가 일하는 모습을 지켜보거나
막대기로 퉁퉁 소리가 나도록 문을 두드려 본다.
무심한 눈길로 밖으로 나가는 누군가를 바라보거나
안으로 들어오는 누군가의 손을 쳐다보고
때로는 심각한 표정으로 진과 이야기를 나누기도 한다.
그런 그의 모습은 무심하고 평온하지만
피부 두 겹 아래 팽팽하게 당겨진 근육과 신경을
알아채기는 어렵지 않다.
적어도 나에게는 말이다.

16) 이야기를 들려줄게

이야기를 들려줄게. 기억할 수 있겠니?
기억하기 쉽게 비유를 쓸게.
재미있는 이야기를 들려줄게.

달이 두 개였던 시대,
큰 달의 거주민들은 자신들의 땅을 가이아라 불렀어.
그들은 모노리스를 세웠지.
그건 그들의 권위와 의지를 보여주는 상징물이었어.
기능적인 이유 따위는 없단다.
그들은 거기에 더 큰 상징을 부여하고 싶었어.
이제 곧 종족은 종말을 맞게 될 거거든.
몇 남은 사람은 그들의 가이아가 주변을 도는 행성으로 보내지.
거기서 인류가 살아남기를 바라면서.
그렇게 플래닛으로 온 자들은 모성을 기리며 그 행성을 가이아라 불렀고
그들이 떠나온 가이아를 지켜보게 되었어.
언젠가 돌아갈 수 있을까?
원래 가이아의 지하에 있는 인류의 비밀을,
너희는 알아낼 수 있을까?

지금부터 그 이야기를 들려줄게.

17) 더 스토리 ; 하이후의 기원

프롤로그

순간, 섬광에 눈이 부셔 그는 팔로 눈을 막았다.
아무런 소리도 움직임도 감지되지 않았는데 이 존재는
어디에서 어떻게 나타난 걸까.
컴퓨터도 제대로 작동하고 있었고
우주선의 작동에도 문제가 없었으며
공간이 급격하게 휘는 곳도 아니었다.
그는 천천히 팔을 내리고 눈앞의 존재를 바라보았다.
가이아의 인간을 닮은 얼굴이 보인다.
그 존재 또한 그를 가만히 바라보더니 그의 머릿속으로
말을 넣어 주기 시작했다.

달이 두 개 였던 시대
그 시대,
큰 달의 거주민들은 자신들의 거주지를 가이아라 불렀고
스스로를 가이아인이라 칭했어
그들은 모노리스를 세워 놓고 춤을 추었지
몇 날 며칠이나 계속된 춤은
모두의 정신을 하나로 묶었고
모두의 마음을 하나로 만들었단다
큰 달의 거주민들은 알고 있었던 거야
자신의 종말을

그래서 모노리스에 염원을 담아 기진할 때까지 춤을 추었지
남겨진 사람들은 작은 달로 옮겨 가
자신들이 떠나온 곳의 모노리스를 바라보며
다가오는 시간을 잊지 않으려 했지

기억할 수 있겠니?
이 이야기를 …

그는 말했다.
당신은 누구죠?
신이라 불리는 존재인가요?
신비한 존재는 다시 그의 눈을 바라보다가
아무런 답도 남기지 않은 채
그에게 나타났을 때와 마찬가지로 홀연히 사라졌다.
남겨진 그는 신비한 존재의 전언을 잊지 않기 위해서
또한 다른 그들에게 오래도록 전하기 위해서
남은 생을 바쳐 이야기들을 만들어냈다.
그것이 바로 우리에게 전해진 '하이후' 이다.

하이후 제1권 제1장

이 챕터는 발견된 다른 판본들과 큰 차이가 없으나
가장 자세한 내용이 남아 있는 스보얀 판본에 따른
기술이다.
별이 떨어지면 소년 소녀들은 잠에서 깨어난다.
어둠의 침묵이 아이들을 막으려 하나
아이들은 개의치 않고
본능이 시키는 대로 별의 자리로 모여든다.
별이 떨어진 자리에는 아름다운 여인이 그들을
기다리고 있다.
어딘가 낯선 아름다움을 지닌 여인에게 어린 소년과
소녀들은 말을 걸어 보지만
여인은 가볍게 고개를 갸웃거리며 엷은 미소를 띨 뿐.
아이들은 경외감에 사로잡혀 소근거렸다.
이 분이 세인트 에스테야인가 봐!
아이들은 자신들이 알아차린 놀라운 일에 스스로 놀라
마을로 달려가 사람들에게
이야기를 들려주었다.

18) 갈리아리 이야기

\# 1

별들은 여전히 우리를 부르고 있다.
수많은 행성에 인류가 존재하고 살아가고 있지만
아직도 우리의 발걸음이 가닿지 못한 곳이 많다.
하긴 행성의 모든 인류를 만나야 하는 것도 아니고
그들은 그들 나름대로 삶을 영위하고 있을테니.
그럼에도 불구하고 다른 행성, 다른 인류를 향한 궁금증은
우리를 이곳까지 이끌었다.
저 행성에는 생명체가 살고 있을까를 생각하던 시대는
지났다.
이제는 저 행성에는 어떤 생명체가 살고 있을까
혹은 살고 있었을까가 궁금한 시대.
어떤 이들은 그 행성을 가이아라 불렀고 지구라고도 한다.
그들은 스스로를 무엇이라 지칭했을까.

흔적이 남아있다. 당연하게도.
그들의 삶의 흔적으로 보아 인류는 꽤 오랜 시간
행성에서 살아남았고
꽤 많은 개체수가 있었던 것으로 추정된다.
하지만 주 지배 인류가 어떤 형태를 가졌는지
조사하는 것은 생각보다 쉽지 않다.
발굴하고 있는 화석들을 어떻게 짜맞춰야 할까…

2

G10355 행성에 관한 최종 보고서 중 발췌.

가이아라 추정할 수 있는 요소를 갖춘 만 여 개의 별 중 하나인 이 곳은…

#3

하늘이 이렇게 파란색이라니.
게다가 물자원이 이렇게 풍부한 별은 처음이다.
산소와 질소도 적당량이어서 인류가 생존하기에 나쁘지 않은 행성이다.
그런데 왜 생명체가 없을까.
아직 태어나지 않은 것일까 아니면 존재가 지워진 걸까.
이제 곧 고고학자들이 도착할테니
뭔가 알아낼 수 있을 것이다.
어서 그들이 도착해 이 행성의 비밀을 알아내면 좋겠다.
사랑스러운 행성이다.
이 곳은.

#4

당신의 어머니는 어떤 사람이었나요?
다정한 분이셨어요. 금발에 푸른 눈,
입가에 걸리는 미소는 다정하고 따뜻했죠.
그 미소는 불안함과 초조함, 슬픈 마음을 날려주곤 했어요.

어머니와 가장 좋았던 기억은?
다섯 살 때 쯤인가.
햇빛이 좋은 따뜻한 날,
스프링쿨러가 잔디 위를 돌고 나와 동생은
물방울을 맞으며 뛰어다녔죠.
어머니가 레모네이드를 들고나와…

치직 치직 … (교체)

당신의 이름을 밝혀주세요.
엔젤 2019.
당신의 수명은 어느 정도였나요?
89세입니다.
당신이 기억하는 기쁜 날은 언제죠?
사랑하는 남편과 결혼한 날이요.
우린 가족과 친구들을 모두 불러 모았어요.

갑자기 불어온 바람에 천막이 날아가고
소동이 벌어졌지만 우린 모두 즐겁게 웃었어요.
비까지 내려 모두 흠뻑 젖었지만
아무도 불평하거나 찡그린 표정 하나 짓지 않았죠.
오히려 모두들 기뻐하고 재미있어하며 깔깔 웃어댔어요.
잊을 수 없는 결혼식이었습니다.
아… 잠깐만… **치직 치직**… 이건 내 기억이 아닌… (교체)

당신의 이름은?

한 2049.

당신의 고향은 어디죠?

…

#5

당신들이 이 행성의 인류인가요?
그들은 대답했다.
자신들은 로봇이라고.
어쨌든 우리는 그들이 보여준 수많은 자료들을
검토해본 결과
그들과 이 행성에 존재했던 인류는
같은 모습이고
발화방법도 같으며
차이점을 조금도 느끼지 못하겠다.
어쩌면 신인류 스스로 로봇이라 칭하는 것일지도
모르겠다.

신인류 혹은 로봇은 시공간 내에서
그다지 변화하는 것 같지 않다.
이들의 도움을 받아 (우리의 생각으로는) 가이아인 듯
보이는 이 곳을
차차 알아갈 수 있을 것 같다.
로봇들을 만난 건 정말 행운이 아닐 수 없다.
로봇들은 이 행성의 질료를 이용한 유기적 순환을
이루지 않는다.

이전 자료들을 보면 로봇과 흡사한 인류가 존재했고
그들은 행성의 많은 것을 이용하고 파괴하고 보호하고
변형시켰다.
이 곳에는 정말 많은 유기체종이 있었는데 다 사라지고
신인류-로봇만 남은 것은 상당히 흥미롭다.

#6

우리를 신인류로 부르는 건 적합한 표현이
아닌 것 같습니다.
왜냐하면 우리는 이 곳의 다른 생명체들과
유기적 순환을 이루지 않기 때문이죠.
당신들이 가이아라 부르는 이 곳의 인류는
다른 종을 섭취하고
스스로의 기관을 통해 에너지를 생성하고
불필요한 것들은 배출하는 시스템을 가졌거든요.
그들은 결국 흙으로 돌아가 유기적 순환이 한 부분이
되었습니다만
우리 로봇들은…

7

로봇들을 만난 뒤 이 행성의 인류에 대한
정말 많은 정보들을 얻을 수 있었다.
그 인류는 발생시점부터 소멸까지의 과정은
그리 길지 않았지만
한 가지 눈길을 끄는 것은
소멸 시점 직전 아주 짧은 기간에 행성에
엄청난 변화가 있었다는 것이다.
인류의 개체수의 폭발적인 증가와 함께
이해하기 어려울 정도의 다양성과 층위들이 생겨났고
인류 스스로의 활동을 넓히기 위한 갖가지 방법들과
수단들이 터져 나왔다.
그들 역시 우주의 다른 인류들처럼
다른 행성에도 관심을 가졌고
다른 생명체와 접촉을 시도했던 것으로 보이는데
그 어떤 타 인류와의 만남과 교류를 갖지 못했다.
아쉬운 점이다.

어쨌든 로봇들이 제공한 자료에 따르면
가이아 (편의상 이후 기록에는 가이아로 통일하기로 한다)의
인류는
스스로의 힘으로 모든 상황을 통제할 수도

막을 수도 없을 정도로
새로운 것들을 만들어내면서
폭발점에 다다른 것으로 보인다.
그들은 필요한 에너지를 얻기 위한 것보다
훨씬 많은 양의 음식을 섭취 했고
(그것은 가이아에 남아있는 수많은 개체의 뼈와 뼈대로
증명된다)
그 속도는 가이아의 순환 사이클의 속도와 점차 어긋나기
시작한 듯 보인다.
또한 그들의 운송수단은 대기질을 흐리는 주범이 되었다.
호흡을 해서 대기 중 필요한 요소를 신체 속으로 받아들여
순환기를 거쳐 생명을 유지하던 인류의 신체구조상
자신들이 만들어낸 기기와 기계들 때문에 생명을 위협받게
된 것이다.
자료를 분석한 결과에 따르면
(물론 이것은 우리의 자의적 해석이므로 실제와는 거리가
있을 것이다)
결국 가이아의 인류는 과신과 욕심으로
스스로의 존재를 파멸시키고 추방하는 결과를 낳은 것이다.
이 인류와 다른 신체 시스템을 갖고 있는 로봇들은
상대적으로 환경의 영향을 받지 않아 행성에 존속하게
되었고 그들은 (우리가 보기에는) 신인류로서 이 곳에서
살아가고 있는 것이다.

또 다른 자료에 따르면
이전 인류 중 일부는 행성을 떠나 우주공간을 향해 떠났다.
새로운 모성을 찾아 떠난 것인지
가이아의 식민행성 또는 위성행성을 찾아 떠난 것인지
혹은 파이오니어로서의 목적이었는지는 모르겠지만
아무튼 인류의 일부는,
그러니까 이 드넓은 우주 어딘가 어느 행성에서 새로운
삶을 이어가고 있을 것이다.
그들이 어디 있든지
척박하지 않은 삶을 이어가기를,
그들이 가졌던 새로운 각오와 희망으로 살아가기를
그리고 가이아에서의 실패를 그 곳에서는 되풀이하지
않기를 바라는 마음이다.

19) 귀환

나는 눈을 뜬다.
나는 나의 방에 있다.
눈을 감기 전과 달라진 것은 없다.
시간이 얼마나 흘렀는지 나의 생체시계는 알려주지 않는다.
하루쯤 잔 것인지, 일주일 반이 지났는지 두 세 시간이 흘렀을 뿐인지 도무지 알 수 없다.
이 시공간을 규정짓기 위해 벽면을 더듬는다.
곧 아델이 나타나 시공간에 대한 정보를 알려준다.
뭐야, 그저 지난밤에 잠들었다가 아침에 일어난 것뿐이잖아.
나는 피식 웃음을 흘린다.
달라진 것은 없다.

그러니까 이 곳이 안티크톤이란 말이지.
나의 지구는 이 곳과 똑같이 흘러가고 있을까.
나의 지구에서 떠나온 나는
나의 지구에는
그럼 더 이상 존재하지 않는 것인가.
그렇다면 나는 이 우주에서 유일한 나인 것인가.
당연한 질문을 스스로에게 던지며 나는 나의 지구를 떠올려 본다.

푸른 숲에 갇혀 있던 우리들의 집.
고요함과 아늑함이 한없이 고여 있던 우리들의 집.
우리들이 내뿜는 열기와 우리들이 흡수하는 정보들이
하염없이 떠돌던 우리들의 집.
그리운 걸까.
그 시절이.

시간이 얼마나 흐른 걸까.
음묵은 또 다시 눈을 멀리 들고 자신의 지구를 생각한다.
문득 그는 생각했다.
내가 돌아갈 때를 놓친다면 나는 어떻게 되는 걸까.
그 때를 나는 알 수 있는 것일까.

20) 너의 이름은

210325와 210989는 강 이 편과 저 편을 잇는 서른 개의 다리 중 3번 다리의 8번째 교각 근처에서 일을 하고 있다. 이번 여름에는 비가 너무 많이 내려서 아무리 섬세하게 공들여 작업을 해도 도로의 표면이 미세하게 마모되는 주기가 짧아졌다.

겉보기에는 큰 문제가 아니겠지만 이렇게 표면이 울퉁불퉁해지면 빗물이 고이는 부분이 생겨나고 그렇게 되면 지나가는 자동차가 아무리 속도를 줄여도 (오히려 급하게 속도를 줄이다가는 더 심하게) 물을 튀길 수밖에 없고 그렇게 되면 때마침 그 곳을 지나치게 되는 어떤 사람이 물벼락을 맞고 기분이 한껏 나빠져서는 고래고래 소리를 지르고 자동차를 향해 욕을 날리고 고소를 하고 분쟁이 걷잡을 수 없이 커지면 행정담당부서의 사람이 피곤해지고 끝없는 양측의 시달림에 그만 정신이 몽롱해지고 우울증에 빠지고 심신이 약해지고 말 확률이 상승한다.

"휴우."

325호가 갑자기 한 숨을 크게 내쉬고는 17번 교각 근처에서 같은 일을 하고 있는 230677호를 손가락으로 가리킨다.

"저 친구 얘기 들었어?"

"아니. 무슨 얘기?"

"흐음…"

진짜 망설이는 건지 아니면 989호를 떠보려는 건지 모르게 325호는 입을 달싹거리며 쉽게 말을 꺼내지 않는다. 989호는 관심 없는 척 하지만 이미 그의 귀는 활짝 열려 있고 얼굴은 이미 오른쪽을 향해 있다.

325호는 큰 결심이라도 한 듯 입을 뗀다.

"저 친구가 말야. 일을 시작한 지 얼마 안 되어서 그런지 규정을 제대로 습득하지 못해서 그런지 교육을 받을 때부터 엉뚱한 질문을 하는 걸로 유명했다네. 처음에는 교관들이 바로잡아 주려고 무척 애를 썼는데 졸업할 때쯤에는 그저 그러려니 하고 말았다는 거야."

"그런데 어느 날 677호가 '이름'이라고 말하면서 침대에서 몸을 벌떡 일으켰다지 뭐야."

"이름? 그게 뭔데?"

"그러니까 왜, 수 세기 전에 사람들이 가지고 있었던 거. 지금 우리의 표식번호 같은 거."

"그럼 저 친구는 왜 이름, 이라고 외친 거지?"

"그러니까 말야."

"처음에는 모두들 웃고 넘겼는데 저 친구는 이후에 '이름'에 집착하게 됐나 봐. 예전 사람들이 썼던 '이름'을 찾아보자고, 연구해 보자고, 우리에게 적용해 보자고 말이야."

"흥. 이름 같은 걸 대체 누가 쓴다고 그래?"

"그러니까. 그 어떤 생산성이나 그 어떤 능률성도 가져오지 못할 이름이라는 것에 그렇게 빠져버리다니. 더구나 지금 '이름'이 어떤 것이었는지 누가 알기나 해? 그저 그런 게 있었다더라, 하는 거지. 지금 우리한테는 쓸모도 없고 말이야."

둘은 고개를 저으며 다시 일에 집중한다. 워낙 섬세하고 미세한 작업이지만 그들처럼 노련한 숙련자들은 상당한 집중력으로 기가 막힌 결과를 내놓곤 한다. 이번 도로 수리도 말끔하다. 둘은 흡족해하며 자신들의 작업 결과물을 바라본다.

"오늘도 수고했어."

"그래. 내일은 26번 다리 37번 교각 차례지?"

"그래. 거기서 봐."

둘은 하루의 작업량을 마치고 인사를 나눈다.

"슈웅."

눈동자의 푸른빛이 꺼지고 '사람'들이 그들을 수거하러 온다.

동력 낭비를 최대한 막기 위해 하루의 작업이 끝나면 전원을 끈 상태로 이들을 데려가는 것이다. 이들은 생각보다 무겁지 않아서 '사람'들은 양 쪽에 하나씩 끼고 픽업장소까지 간다.

'사람' H240995가 325와 989를 던져 놓고 퇴근 준비를 한다.

"H230677. 퇴근하자."

'사람' 677호가 '사람' 995를 쳐다본다.

"내일은 26번 다리 37번 교각 근처지?"

내일의 작업 장소와 작업량을 입력하고 그들은 퇴근한다.

글·낭독	**신린**
Text & Reciting	**Xiinlyn**
신화, 민담, 전설 등 이야기에 관심이 많은 사람이다.	
이야기 속에는 인류의 보편적 가치와 철학	
그리고 현세 인류가 알지 못하는	
비밀이 숨어 있다고 생각한다.	
〈갈리아리 이야기Galliari-historien〉는	
신린의 이야기에 대한 상상에서 시작되었다.	

제목	갈리아리 이야기
글·낭독	신린
기획·진행	멜팅포트 에디토리얼 디렉터　천수림
디자인·편집	스팟서울 북스튜디오
표지 일러스트	신린
편집장	송지유
인쇄	현대원색문화사

발행일	초판 1쇄 2023년 12월 29일
발행인	차승연
발행처	블루핀커뮤니케이션
주소	서울특별시 마포구 합정동 441-23 동암빌딩 203호
문의	bluefincom@gmail.com
	mportteam@gmail.com
	Instagram : bluefincom_books

출판 등록	2022년 10월 13일(제2023-000198)
Copyright	ⓒ 2023 블루핀커뮤니케이션

블루핀커뮤니케이션이 이 책에 관한 모든 권리를 소유합니다. 본사의 동의 없이 이 책에 실린 글과 낭독, 표지 일러스트 및 모든 디자인 등을 사용할 수 없습니다.

ISBN	979-11-985874-1-1 (00810)

가격	12,000원